黒耀宮

KOKUYOKYU
Karan Kurose

黒瀬珂瀾歌集

泥文庫

装画　竹田やよい

序

春日井　建

黒瀬珂瀾、この美しい名前を持つひとは作品を見る前から伝説だった。

三宅千代氏が主宰する子供たちの短歌誌「白い鳥」のメンバーに、不思議な作品を書く少年がいて、その作品以上に人物もまた異彩を放っているというのだ。「白い鳥」が解散となり、若い才能の幾人かが私たちの仲間となった。そしてその一人が黒瀬だった。大会ののち、三宅氏は私に、「お化粧をして参加しませんでしたか」と嬉しそうとも不安そうともとれる表情で訊ねた。あれから数年、早かったのか遅かったのか、黒瀬の待たれた歌集がまとめられた。

第一章の始めと終りの歌は次のとおりである。

The world is mine とひくく呟けばはるけき空は迫りぬ吾に
語られてゆくべき大災害《マグナ・ディザスタ》はひめやかに来む秋冷の朝

世界は私のものだという宣言は、晴れやかとも傲居とも受けとれる。しかし、この人の孤独と孤絶の歌を読みついで大災害《マグナ・ディザスタ》の一首に到るとき、大災害《マグナ・ディザスタ》は世界のものであると同時に、当然ながら黒瀬自身のものでもあることを思わずにはいられない。今日、世界を私のものだと感受することは決して子供っぽい夢想だけではすまされない。語られてゆくべき災害はすでに起こってしまっており、そして彼はその只中にいる。

「麗しき災厄」とわれに弟の紹介をする兄よ微笑よ

私はまるでこの兄のように、『黒耀宮』を前にして途迷う読者たちに「麗しき災厄」とこの一冊の書を差しだしている気分がする。作品を見ていこう。

男権中心主義《ファロセントリズム》ならねど身にひとつ聳ゆるものをわれは愛しむ
空をゆく銀の女性型《メンタル》精神構造保持《フィメール》は永遠をまた見つけなほすも

黒瀬がみずからの識閾を露わに写しだして見せた歌である。男権中心主義《ファロセントリズム》とは、現代とはうらはらな反時代的な思想であろう。(逆にきわめて現代的とも言い得る。)彼の歌には、権力、覇王、将軍あるいは塔といった聳えたつものに寄せるエロティクとも言える思慕の情がある。そしてその絶巓には死がある。修辞上では、「男権中心主義《ファロセントリズム》ならねど」と一度は打ち消しているものの、こうした打ち消しはさらにそちらに意識を向けさせる他の何ものでもない。

十代の儀礼にかかり死ぬことの近しと思《も》へばわれは楽しも
吾《あ》はかつて少年にしてほの熱きアムネジア、また死ぬまで男
違ふ世にあらば覇王となるはずの彼と僕とが観覧車にゐる
ふと気付く受胎告知日　受胎せぬ精をおまへに放ちし後に
海岸線を女体と思ふ一瞬を地図に見て旅組みてゆくかな
からみあふぼくらを常に抱く死とは絶巓《ぜってん》にして意外と近し
汝《な》は母を殺して産まれ吾《あ》は姉を殺して生まれ　夜の黙礼
ジャン・ポール・ゴルチェのやうな夕焼けに溶けゆく奴をひそかに嘉《よみ》す
血の循《めぐ》る昼、男らの建つるもの勃《た》つるものみな権力となれ
わがために塔を、天を突く塔を、白き光の降る廃園を

男であることの歓びを歌い切っている十首である。
かつてマヤやアズテックの祭儀では、もっとも優れた少年を王に扮させて、一か月の饗応ののちに殺す式があった。神への贄であったわけだが、少年たちは死の約束さ

れた王となるべく競ったという。「十代の儀礼」という言葉から私はそんな祭儀を連想したけれど、黒瀬は早や十代ではない。吾はかつて少年にしてアムネジア、と一陣の颪に吹かれて記憶を喪失した者は、しかし、死ぬまで男、と誇らかに宣言する。

友だちもまた違う世にあらば覇王となるべき者、そして受胎せぬ精を放つのが受胎告知日だったという聖母への冒瀆が初々しくも凶々しい。また、海岸線の曲線から女体を思いながら旅程を組む。そして、こうした諸々の思いの絶巓にあるのが死。男権中心主義《ファロセントリズム》の到りつく果ての甘美な死である。

「夜の黙礼」の一首も見逃すことができない。すれちがう男同志の一人は母を殺して生まれた者、もう一人己れ自身もまた姉を殺して生まれた者、「マクベス」のマルコムのような二人が交わす黙礼には互いの荒々しさに対するヒロイックな敬慕がある。豪奢な夕焼けをジャン・ポール・ゴルチェのような、と表現するファッショナブルな直喩も微笑ましい。もちろんその夕焼けに溶けてゆく男は嘉されている。

最後の二首はさらに男権中心主義《ファロセントリズム》の典型であろう。「男らの建つるもの勃つるものみな権力となれ」と希求され、己れのためにも「天を突く塔を」と祈念されている。

一方、女性型《メンタル》精神構造保持《フィメール》という言挙げもまたこの人らしい世界を展げる。ランボオが永遠を見つけたのは海の上の太陽だったけれど、彼が見つけ直した永遠は、月下のあやかしの光の下である。

フランスの語彙を学べるわが上にああ月《リュヌ》といふ此岸の出口
パゾリーニ風にいかうといふ彼奴《きやつ》とそれより月見などといふ吾
蒼き月紅き月とのまぐはひのあらぬ悲境に夜は鳴りゆく
女装趣味《トランスヴェスタイト》の友と駆けおりし三年坂に風塵は満つ
両性具有天使図の下　嘘の生活を従妹と語りあふ
季節なき……花、一つあり。狂女《オフェリア》はあらぬ薫りに御髪《みぐし》飾りき
月のさす野外舞台で吾のみに見せしダンスが夜を染めゆく
秋扇投げてひとりのバレエ・リュス　せつなき胸を曝す牧神
まなうらに残りし極彩の都　そのかみ僕は娼婦であつた
月の世に戦は絶えぬ　女王の髪捧げたる国もあるべし

「月《リュヌ》」と異国語で呟いて、この世からの出口を見出すこの人は、パゾリーニ風にいこうなどと粗野な交情を求める者にも、それより月見などと優雅に応える女性型精神構造《メンタルフィメール》保持が明白である。

蒼い月と紅い月との婚などあるわけはなく、女装趣味《トランスヴェスタイト》の友と駆けおりてゆく三年坂、あるいは両性具有の天使が描かれた絵画の下で、従妹とまやかしの生活を語りあう。こうしたうつつと夢のあわいの境もまた此岸からの出口だろうか。

修辞に工夫のある狂女《オフェリア》の歌も興味ぶかい。「季節なき」と言い、「あらぬ薫り」という重ねられた否定の空間で狂女《オフェリア》は髪を飾る。季節のない花とはオフェリアその人でもあろうか。月のさす野外舞台では、ひとりへのための、あるいはひとりきりのためのダンスやバレエが踊られる。舞踏は夜を染め、牧神は秋扇を投げる。

女性性と呼ばれるあれこれが、言葉とイメージの綺羅をまとってうたわれており、それらはどこか人工的であり、知的に会得されたものでもある。そして遂にこの人は幻の都市をまなうらに出現させて、「そのかみ僕は娼婦であつた」とさえ歌うのである。最後に掲げた一首は、「女王の髪捧げたる国」である。

先の十首と比較してその差異は歴然としている。「男権中心主義《ファロセントリズム》」と「女性型精神構造保持《メンタルフィメール》」と。黒瀬はこの二つの領分を自由にやすやすと出入りして作歌している。映画「太陽と月に背いて」は、女性監督アニエスカ・ホランドが、ランボオとヴェルレエヌの交情を描いていたが、黒瀬もまた太陽と月との両性を揃えた世界を描出する。男性性に通じる硬質の美意識と、女性性に渉る柔らかい感性との両方を見せる。

　私は、「男権中心主義《ファロセントリズム》」と「女性型精神構造保持《メンタルフィメール》」という一つの切り口から、この一文を書き起こしてきたけれど、『黒耀宮』の多彩な世界は、別の切り方をすればまた違った世界が見えるだろう。たとえばこの人は、現代と中世との風がすれちがう辻に立っているかとも思われる。題材だけ拾ってみても、ネオン街、タクシーのバックミラー、美少年アイドル、友のエレキなど今日的なものがあるかと思えば、吟遊詩人《フォーレ》、剣士、僧院、聖母被昇天祝祭日、懺悔火曜日《マルディグラ》、三聖頌《トリスアギオン》、魔女、狂女などが封じ込められてもいる。


　　タクシーの後部座席が祭域となる　沈黙のぼくらを乗せて

　タクシーの座席というきわめて日常的な題材が「祭域」という一語が加わることによって異なる空間となるように、彼は言葉や思惟の片々を手がかりとして素早く別の世界へ入りこんでいく術を知っている。

　登場人物にしても、近、現代の人では、ヴィスコンティ、ジャン・ポール・ゴルチェ、あるいはチャンドラ・ボースやフィリップ・ペタン、そして古くは、ホメロスやカイザル、あるいはジル・ド・レエやマルキ・ド・サドが出没する。あげればきりがない、というものの、黒瀬の好尚がよく見える選択である。

精霊に身を委ねゆくうれしさよチャンドラ・ボースはたまたペタン

ボースはインド即時独立を求めてイギリスから危険視された武力解放主義者、ペタンは、「敵は通さない」と兵站の重視や兵士のローテーションといった手段で防衛を成功させたフランスの将軍、彼らの行動は精霊に身を委ねるようにして生れたというのか。それとも黒瀬自身の彼らに寄せる気分が精霊に身を委ねるようだということなのか。

今日もまた渚カヲルが凍蝶の愛を語りに来る春である

エドガーとアランのごとき駆け落ちのまねごとに我が八月終る

こんな名前も登場する。渚カヲルはアニメ『新世紀エヴァンゲリオン』の人物であり、エドガーとアランも作家の名前ではない。萩尾望都の少年漫画『ポーの一族』の主役たちだろう。こうしたサブ・カルチャーと伝統定型詩との結合《ドッキング》は、今日の若い歌人たちの作品にしばしば見られる用法だけれど、彼もまたやすやすと手に入れている。

今後この歌の世界がどのような展開を見せるのか、大変に興味ふかい。が、安穏とばかりはしておられない。『黒耀宮』は、多彩な内容《モテーフ》と素材とによって成立しており、それを一つにまとめあげているのが黒瀬のもつ強烈な美意識であることは間違いないところだけれど、美意識ほど厄介なものもないからだ。それは人を溺れさせ、時には壊す。まして黒瀬珂瀾という作者の思想そのものが死を孕んでいる。

祝詞を書こうとして書き出したが、これで祝詞となっているのだろうか。ただ一つ言い得ることは、world is mine と宣言して出立する異能の人の未来を嘉する気持は誰よりも大きい、という一つ事である。

目次

黒耀宮

夜への餞別

The world is mine とひくく呟けばはるけき空は迫りぬ吾に

地下街を廃神殿と思《も》ふまでにアポロの髪をけぶらせて来ぬ

咲き終へし薔薇のごとくに青年が汗ばむ胸をさらすを見たり

鶸《ひは》のごと青年が銜《くは》へし茱萸《ぐみ》を舌にて奪ふさらに奪はむ

僕たちは月より細く光りつつ死ぬ、と誰かが呟く真昼

懐かしき死に会ふごとく少年は闇夜の熱き腕《かひな》に抱かれ

眼には海、空には雨月、寝台には頸《くび》青き少年二人の夜会《ソワレ》

明け方に翡翠《かはせみ》のごと口づけをくるるこの子もしづかにほろぶ

風狂ふ夜の身を打つもみぢ葉の秋の……光だ、信用できぬ

語られてゆくべき大災害《マグナ・ディザスタ》はひめやかに来む秋冷の朝

月齢十五／典礼

男権中心主義《ファロセントリズム》ならねど身にひとつ聳ゆるものをわれは愛しむ

ピアノひとつ海に沈むる映画見し夜明けのわれの棺を思ふ

水飲みし夢より覚めて渇くとき生死はともに親しき使徒か

遠い岸を夢に見ました　錠剤はテーブルの上《へ》に光はなてど

世界かく美しくある朝焼けを恐れつつわが百合をなげうつ

十代の儀礼にかかり死ぬことの近しと思《も》へばわれは楽しも

うるはしく汚名がわれに立つことも寒の世界のよろこびとせむ

復活の前に死がある昼下がり王は世界を御所望である

人々のこころ一つにすることが好きな国家の冬を眠るよ

ひそやかに世界輪《ロタエ・ムンディ》　わが声は風にまぎれて裏切りを呼ぶ

混迷の意味の世界へ　さんぐわつの光あふるる岬より飛べ

大衆に入りゆく覚悟にほはせて友は霜夜の麦酒をあふる

わがうちの悲歌を数へて過ごす夜の胸のかけらをしづかに拾ふ

フランスの語彙を学べるわが上にああ月《リュヌ》といふ此岸の出口

沈みゆく真冬の月を箴言となして二人は不意に抱きあふ

寝台の上より二人荒れかへる部屋を眺めぬわたつみとして

隣街に火のあがりたる夜更けにてほの白く散る粉を踏みたり

夜の鳥、夜の翼がわれを去る紫煙・竪琴・預言を残し

少女ふと薄き唇をわが耳に寄せて「大衆《マッス》は低能」と言ふ

つきかげに目覚めてなんと幸運な男だ、波のごとき槌音

空をゆく銀の女性型《メンタル》精神構造保持《フィメール》は永遠をまた見つけなほすも

月の婚礼

吾《あ》はかつて少年にしてほの熱きアムネジア、また死ぬまで男

曼珠沙華を蹴るごと歩む　我が恋を蔑む者のありて初霜

誰も見ぬ月を荒野の道連れとして渡りゆく今日、懺悔火曜日《マルディグラ》

ささやかな地球に種子《たね》が落つる夜の月が背中をなぞるひとり寝

パゾリーニ風にいかうといふ彼奴《きやつ》とそれより月見などといふ吾

いにしへはカインを照らしし月ならむ汝《なれ》の悲哀を我が身に受けて

密葬に父不在なり望月の眸《まみ》が射抜けるピエタの季節

悪人はいづこにおはす金無垢の龍頭をひねり続くる真夜に

汝《な》が見する手慣れし眠りかそけくてふとかたはらに梁塵秘抄

細き、かつ長き眉して人生を『オデュッセイア』に賭けたり君は

傾きてゆく回廊の封印《とづ》るとも咲いてはならぬ花などあらぬ

蒼き月紅き月とのまぐはひのあらぬ悲境に夜は鳴りゆく

密猟の牲《にへ》となるべく我が胸に育つ鶫《つぐみ》にマザーグースを

魚より音楽的な夜であれ脊髄のなか心流れて

生ける者みな暗室に誘はれ聴聞僧は鮃を好む

窓雪に吐息は沈み青年はスパルタびとの背にて立ちたり

流れ来る婚礼の夜耀《かがよ》ひて僕にこの手を汚せといふの？

アルゴオの沈める海に落ち合へば魔女は死んだ、と君はささやく

蜂の巣に針を恐るれどその奥に族《うから》の整然たる秘密あり

愛しあふ者は裸身の悲しみに銃声のなか映画は畢《をは》る

美少女と隻眼《かため》の騎士の二役を演じ分けたる青年の虚《うろ》

人形使ひの夜にあらねど我が祖《おや》はヴィスコンティに愛されざるか

毒を盛るごとひめやかに少年が両手に水を満たすを愛す

月のみが激しき冬の睦言は「不毛な愛が好きだよ俺は」

汝《なれ》の去る夢より覚めて車窓より刃物の街に吹く風は燃ゆ

針を持つ天使の歌

手に負へぬ獣が腕に住むことを出口はるかな地下街に思《も》ふ

震へつつ煙草に似たるものを吸ふ彼に見たのは開かぬ翼

エレベーター沈みゆくとき思ひ出す一人の腕に溺死の印

この粉は俺の神だと呟きて男あゆめり深く深くに

合法の名のもと人の手を廻る悲しきものは口にせざりき

異界への扉が胸に描かれて　最たる闇は夜明けの前に

満ち満てる月と重なる思ひとは一つ、貴女《あなた》の子を汚《けが》すこと

薬てふ名を持ちながら忌まれたる白き錠剤を指の間に見つ

天使魚に与ふる餌の真白くて真白くて君は白きもの欲る

天井ゆ紅き椿が降り来ると君が言ふならうなづいてやる

甘い生活

春雷は唐突に来てその下にDOLCE VITAをむしばむ僕ら

違ふ世にあらば覇王となるはずの彼と僕とが観覧車にゐる

書架見ればおのづとわかる処世論　体は高く売るべきである

ベルに醒め駅員の爪みづみづしこの改札をくぐればソドム

愛さるるのみにしあればうす蒼き四肢は気だるくみがかれてゆく

うち笑ふブレザーの少年の群《むれ》すれちがふときおそろしきかも

酒を飲む仕事にあれば日暮れより流れ出したる我が笑顔かな

最上の紫《プルプライ・パンニ》を纏ふ女来て愚痴を並べし至福の時間

ウイスキー黒きボトルに象《かたど》られ親のかたきのごとく飲むなり

うらうらと右にかたむくわが肩を紅き薔薇もてさんざん飾る

ウロボロスの悔恨はあり日の出より早く目覚めし環状線に

通勤の列に帰宅の吾がゐて君の性器《セクス》をふと思ふかな

少年を愛する夜も愛さざる夜も一途に枯れゆくポプラ

ふと気付く受胎告知日　受胎せぬ精をおまへに放ちし後に

しんしんと月の昇ればしんしんしんと我が身一つを毛布にくるみ

少年たちがわが悪口を言ひ合ふを聞きをり酒が甘くてならぬ

抱き合ひしときの匂ひの落ちぬまま酒場にて身は孤独を愛す

あな三島愛死《エイズ》を知らず死にたりと嬉しきことをゆめ言ふなゆめ

月無くて白河夜船　黒猫が人身《ひとみ》で恋を告げに来るとか

売笑は笑ひを売るにあらざれどあな白桃は首にしたたる

われら二人思へばエデンより遠く来て少年の肩打つ氷雨

「巴里は燃えてゐるか」と聞けば「激しく」と答へる君の緋き心音

男にも身をひさぐ術《すべ》のあることが涼しくていま黄金休暇

ラバーシャツの青年が背に負ふ夕陽あまりにまぶしくて　わが地獄《ゲヘナ》

水の季節

みちのくの香草園に男声《をごゑ》二つ響きひびきて夜は明けにけり

吾《あ》が触れし耳翼ほのかにあからめて汝《な》にデボン紀の水ぞ流るる

塔のごと聳ゆるとふか胸に棲み魚の息を吐く若人は

寒月に車のきしむ音ひびき何かするどきもの崩れ初む

やはらかに彩《いろ》づく歌と水生の少年の手に季節を託す

朝刊を訃報から読む我が癖を知らずに眠る少年の息

声も出ぬほど笑ひつつ左手を草生につきて君のみづうみ

君はいま月光盗賊手の中にこでまりを秘め吾に離《さか》るも

線路にも終りがあると知りしより少年の日は漕ぎいだしたり

その腕が我が水平線たりし日の陽射しを残す汝《なれ》の首筋

取り消しの効かないことを笑ひつつダリア植ゑつつ言ふ奴がゐて

控へ目な鼻をひねればとび起くる少年にふと淡き乳輪

地下街の庭にあふるる草花と同じく逃れられぬぼくたち

熱雷青く須臾なる空に満ちゆきて君が笑へば僕も笑へる

黄金時代

人生は、などと言ひさし青年は午餐の口を白布《はくふ》で拭ふ

性欲が憎いと囁ける君が桜浴びれば目眩む吾ぞ

海岸線を女体と思ふ一瞬を地図に見て旅組みてゆくかな

斬られたる己の首を運びゆく聖《サン》ドニの手で吾を抱き締む

愛欲に疲れし吾のさらし首を鏡に見つつ髪切られをり

終電へ走るわが身を飲みこみてゆく地下街は驟雨のごとし

音もなく二人で沈む湯船、また雨のなか運ばれゆく棺

きつとカインはアベルを愛したんだよと言ひしおまへに微笑《ゑみ》を分けやる

「水底《みなそこ》のエンデュミオン」と寝台の汝《なれ》を名付けて吾は戸口へ

『新ジュスティーヌ』読みながら待つ　花束をかかへ、深くは知らぬ男を

パーティーの前にトイレでキスをして後は視線をはづす約束

女装趣味《トランスヴェスタイト》の友と駆けおりし三年坂に風塵は満つ

ネオン街より始発にて去る吾を溶けゆく月よ見下《みくだ》してくれ

少年とシチュー食みつつ馬鈴薯は貧者のパンといびつに思ふ

君がゐる精神世界には雪が降りつつ僕にやさしい五月

転生の歌

季節なき……花、一つあり。狂女《オフェリア》はあらぬ薫りに御髪《みぐし》飾りき
音楽聖女《セシリア》の守護をうけつつ狂王がゆく回廊に春のにほひは

黙礼をして過ぎてゆく碧眼の武将はリラを馬上に抱くさ

絶唱を知らずラクリマ・クリステのかつて宴に賭けし青年

月の生まれし森ゆ流るる幻の汨羅《べきら》に浮ける友のエレキを

釦《ボタン》散つて打ち重なりぬ少年の独占欲ほど紅き唇

鷺紊《さぎみだ》れ共に寝乱れ血ぬられし月と紅葉は男のかざり

豊旗雲、と言ひて見上げし青年の前髪を梳く指にゆらめき

男声合唱《オルフェオン》はや蜜月をむかへけり朝露浴びてゑむ薔薇童子

月を刺すビル群のはて名を持たぬ青年王の国ありといふ

常に何かの凶事近づく気配して吾を捕らへてゐる蜜と罰

てのひらに孔《あな》ある人とすれちがひ見失ひたりこの繁華街

温室は腐肉で育つ少年はシンビジュームに接吻《くちづけ》されて

後の世に銀河帝国立つといふ花をまとひて湯船に哭くも

深淵へ征く兵団の幻は一面杉の斜面《なだり》見るとき

マラー死して薔薇踏む少女《をとめ》（と僕）が呼ぶ自我のないころみてゐたうみだ

晩餐

桜散る下にて奴に犯さるる夢見きいまだ桜は咲かず

ドナチアン・アルフォンス・フランソワ・ド・サド　呪ふごと唇《くち》ふれあふわれら

かげろふの飛びては墜つる朝靄を吾は黒衣に守られ帰る

地震《なゐ》のごとき春雷に汗拭ふとき枕頭にたつ男に既視感《デジャ・ヴ》

やくもたつ常若の国《ティル・ナ・ノーイ》と繰り返す老教授その右目のゆくへ

運命は何度も君に接吻《くちづ》けて歌をしづかに名前と変へる

少年の微笑みに似て醜聞を静かに語る終《つひ》の晩餐

天窓に月を吊るして彼の眸《め》を静かに憎みゆく聖・五月

ギグ果ててヴォーカルの喉愛しぬくギター底より静寂《しじま》を犯す

浅き海満ちゆくごとく密会をなす少年の網膜剝離

貴腐ワイン棚に並ぶる酒舗にゐて貴種流離譚いづこにあらむ

ジオルジオ　おまへの歌が聞こえる、と秋の広場に噴水ひとつ

タクシーのバックミラーに見られをり彼の重みを肩に受くれば

太陽まで沈めてしまふ少年がつひに読まずにおくエクソダス

抱擁の果てなる明けの淡き瞳《め》にふとツィゴイネルワイゼン薫る

夏の闇

日の出より先に帰れば暗き吾《あ》を鏡のうちに見て吾に戻る

一車線占めて走れる二輪車のわがために風吹き荒れてゐよ

「麗しき災厄」とわれに弟の紹介をする兄よ微笑よ

吾よりも良き運持ちてうまれたる少年と外人墓地を駆け抜け

絢爛とマタドール目をゑぐられたるとき汝《なれ》あれしといふはまことか

汗もかかぬ青年とゐて初夏の日差しには血のにほひこそすれ

戦にて果つることなくマティーニを飲みつつ友を待ちて咳《しはぶ》く

父一人にて死なせたる晩夏ゆゑ青年眠る破船のごとく

darker than darkness だと僕の目を評して君は髪を切りにゆく

夏草を燃やせば灰の舞ひあがる匂ひにジル・ド・レエ　ジル・ド・レエ

第三新東京市、そして

火の笑ひ残せし友が眠剤に頼りて眠るかたへに吾は

今日もまた渚カヲルが凍蝶の愛を語りに来る春である

水中ゆ現世へ還る一瞬に貴種として友のゴーグル光る

タロットの一枚ごとの奇譚あり地下鉄《メトロ》にて日々降り立つ街に

交差点少年群れて睡蓮は咲く燦々とはるか政変

太陽を貪る魚《うを》の声持てる男と出会ふ春風のカフェ

死刑廃止論さながら春の夜の蛤《はまぐり》の鍋ふきこぼれたり

ネオンさへまぶしくてまた愛ひとつ片付け終はるわが午前二時

いま君のガラスのこころ六枚の羽根で砕いてあげるよ、昴《すばる》

美少年アイドル眠る。五月晴れの汗も素敵にかがやく別れ

集団ゆ遅れがちなるわれの名を少年一人のみ呼びくれし

いさなとり横浜駅をのりすごし昼過ぎなれど一日のはじめ

楡のかげから見てゐてあげる軽やかに才能がすり減つてゆくのを

マーラーの響《とよ》めば月夜　骨抜きにされた男は見たことなくて

June よ June、君が日本の一文化なる世を生きてわが声かすむ

エドガーとアランのごとき駆け落ちのまねごとに我が八月終る

birth, death, rebirth, synthesis　声のする外へゆく目覚めの時は

劇場の男

両性具有天使図の下　嘘の生活を従妹と語りあふ

夜を翔ける奔馬ひとつのゆめのゆめうつつならぬか君の音せぬ

風葬を望むあいつが贈りしはこの子の七つのお祝に……とぞ

をさなごは供花をかかへて新聞の二面にわづかいくさのきざし

捨て石のあの子は夕べ手を振つて僕より楽に死ねるだらうか

口許の砂糖舐めとりその耳に閑吟集をささやいてやる

華麗なるほどおそろしきまなじりの奴へ一振り贈りて待つに

美青年電子鍵盤奏者《キーボーディスト》にほどりの二人並びゐたるも玉の緒

その胸の蒼く焼けつく傷を愛で You give love a badname《おまへは愛に汚名を着せた》

ジンベイザメの水切る鰭をともに見し少年の屍《し》を氷に封ず

A. M. の水族館《アクアリウム》は幽族に囲まれ独り言が似合ふと

権力のごとくに君は美しく舞台裏にも踊る歌声

月のさす野外舞台で吾のみに見せしダンスが夜を染めゆく

いま君の舞踏が明日の上にあることも真夏の月の囁き

guitarよりのメモを衣嚢に見出せり「我が完全を破壊せられたし」

砂漠なる雨のごとしも指の間ゆ自瀆の果ては落ちて冷めゆく

木瓜《ぼけ》ぞ咲く　吾の氷をその胸に突つ立てし恋人の血しぶき

我が視野はなべて夜にて若輩らの劇中劇に鈍器の響き

短命の風信子《ヒヤシンス》　夜の校庭に集ひ星座を肺に含むも

地下鉄に向かひて座りし少年が我が腰を見て一人笑ひす

白昼の淫らな夢の間際にてLindenbaumリンデンバウム

少年の半ズボンまた見失ひ吾がさまよひこむ無言劇

狂ほしく赤は走れり夕空を巡礼ののちの輝きとして

我が生に縁なき燕尾服されど地下会場に刹那の笑ひ

千の朝一つの夜に勝らねば奴隷のごとく愛しあふのみ

過ちですまぬ暗転、劇場のごとき閨《ねや》より帰れぬ二人

冬の貴族たち

冬の厨《くりや》に女を知らぬ青年が慈姑《くわゐ》一盛りを静物となす

歌手死せり　その若き胸を白金の船となし世を抱きて渡るも

天与といふおそろしきもの纏はせて少年座せり真冬の居間に

タクシーの後部座席が祭域となる　沈黙のぼくらを乗せて

薬湯を飲みほす母を思ふ冬　恋人の腰のほくろに気づき

義弟との密会をなすここちして霜踏みてゆく青年われは

少年は濡れやすくしてつきかげに風邪をひきたるのちのさみしさ

伝言の乙女を闇に聞き分くる遊びして冬深みゆくかな

光る師走の夜が好きだと少年は助祭のごとく吾に言ひたり

子を成さぬ営みの間に七日後の聖誕祭を思ふかそけさ

ああ聖夜《ノエル》　しかも河岸少年のまぶたに積もる雪を眺めて

愛人と恋人の差のはるけくて音たてて蜜こげゆく苦さ

ＣＤのごと輝ける魚らもまた父と子の夢を見るべし

薄明に電話響きて死にたると思ひ死にしと聞けばうべなふ

歳晩の電飾の街を一人行き人の子に枕なすところなし

浴室に青年ひとりさむざむとアンスリウムの蘂《しべ》立たしめて

バルテュス展終へて睦月の薄氷《うすらひ》を踏みつあのビル影は白亜紀

月のかけらを

林檎酒の滓《おり》ほどの闇　密会は月の海より風吹きてこそ

からみあふぼくらを常に抱く死とは絶巓《ぜってん》にして意外と近し

結晶の夜に月咲く　透明の命を分くるごときくちづけ

遠雷のごと汝《な》が声を耳にして眠り上手にならむとすれど

我が夜に輝く白き瞳あり昂《たかぶ》るものは夜に至れり

暗闇に慣れざる視界持つ君はバタイユの最期のやうに苦しめ

いざたてよ運命論者胸元の月のかけらを夢のかたみに

いづれ病む精神を抱き歩みたり雨後に裂けたる無花果の下

月下かすかに足首痛む卯月《うづき》にて懸想相手ぞ夢に出でこぬ

薔薇の芽を摘むほどの悪事しか知らぬ君を利口にしてあげようか

月影に散るたまゆらの恋騒ぎ今宵海辺の部屋も濡れゆく

美しい男だつたよインジゴの闇に三叉の燭台かかげ

自販機の前に並びて過去の恋の月の焼けつく夜のものがたり

懐剣《くわいけん》を帯びつつ吾ににじり寄る君とここから見る冥府《シャンゼリゼ》

英雄《エロイカ》の楽譜燃えつき月を背にうづくまる君眠りを嫌ひ

聖母被昇天祝祭日にて背の君よおきてはならぬおきてはならぬ

霜月の沖には月の奔るゆゑ我が恋人は人殺しかも

汝《な》は母を殺して産まれ吾《あ》は姉を殺して産まれ　夜の黙礼

黄金を放てる月の香にむせぶ夜青年は眠らせてやれ

儚《はかな》しといふはけなげに囁くといふことである　君に降る雪

最後の曲へ

食卓に柔き平和のあるごとく友人たちと乾杯をせり

銀の矢に討たるるごとく月を浴び一人愛せば新たな別れ

悔恨は断ちがたくして眼疾《めやみ》なる吾を日照雨《そばへ》がつつむ秋日

ジャン・ポール・ゴルチェのやうな夕焼けに溶けゆく奴をひそかに嘉《よみ》す

ほろほろと狂ひはじめた君を抱く　秋風の舞ふその背中から

難破船の帆のごと笑ふ一枚の君を愛して傷つく吾は

人一人美しく破壊する夢を見て一日の休暇の終り

犬のごと愛を求むるおとうとを組み伏せてわが命は寒し

わが流血を見て「こはれた！」と泣き出せる少年いとしくて秋の栄光《はえ》

踊る若きをピロティーに見て終電へ急げり踊らさるるは吾か

長雨《ながめ》はも銀杏腐《くた》したのむから美少年とは気軽に言ふな

稚《をさな》きにおとぎ話を読み聞かす彼が望みてゐる神経症《ノイローゼ》

黄昏《くわうこん》のわが識閾にしのびこむ秋の吐息を落葉といふ

今日いたるはずの闇にはもはや触れ終へしとぞヴァン・ルージュの夜更

初雪を吾《あ》に献じ笑む弟よ知る人ぞ知る汝《なれ》の荒淫

海底に降り積む雪は青年を眠らせてわが画面を消すも

マラトンの勝利のごとく青年は倒る　与ふる物なき吾に

黒き服ばかりを選ぶ我が日々を見て弟よここにつづくな

汚《けが》しあひたる後におまへが呟きし賛美歌《キャロル》ほのかに雪を呼ぶまで

フロアには最後の曲が　くちづけは共に鞭打つための契約

神託《オラクル》

散り初めし薔薇手に受けて汝《な》が母に帰りうるなら帰れ　好敵手《かたき》よ

シーツ纏ふ美童の空《うつ》ろ　窓際に藍色の壜、緋色の媚薬

水搔きを持たぬがゆゑのさびしさにカフェ《真那伽《まなか》》にて街と汝を聴く

皐月闇いささか暑く四本の少年の足呑みゆき　重し

愛しさが血を流すてふ伝説を創作し吾も苦みのはじめ

穢《けが》れ、時にきらびやかなり。汝《な》は傷を受け燔祭《はんさい》におもむきたまふ

六月はあやまちの雨　みごもれる月も吾には宥されざらむ

少年は打ちすゑられつ　あきらかに君に通ずる呪師の血統

月にさへおびえて眠り夢占《ゆめうら》の湖底には我が親友の墓

カイザルの土地はカイザルに蠟のごとき少年が身をゆだねきたれば

敗国は海に揺られて修羅の子はうそぶく「誰も寝てはならぬ」

彼地《かのち》、相見《あひまみ》えし者らありて吾往かむ悲しく人は弱かれ

黒悍馬溶けつつ駆ける　青年のそびらに彫りしメビウスの輪に

月に向け出航をなす男には紫雲たなびきまた消ゆるかな

首枷のごとき自由を愛しこの暗渠もいつか海に溶けこむ

目には目の耳には耳の咎《とが》ありて深雪《みゆき》語るを聞きて眠らう

素晴らしきかな千の屍《かばね》の上に立つ平和といふは　紅き葦群《あしむら》

弓手《ゆんで》に持つ薔薇ははためき馬手《めて》に抱く君はもひたに三聖頌《トリスアギオン》

紅き髪梳かしうつぶす一戦士。今こそは水瓶座の時代《アクエリアンエイジ》

朝餐の若布《わかめ》悲劇に見え《神は……存在せざりしものと思はる》

結晶

幸福も不幸も吾と共にあり　白堊《はくあ》の塔は封じられけむ

心中せる恋人たちに降れる水豊かな街に背徳は降る

水芭蕉持てるだけ抱き旱天に来ぬ　少年のズボンふくらみ

青年が脱ぎたるシャツの背に浮かぶ塩の結晶を味はひてみる

殺人を犯すときさへその口で謝るやうな奴だねおまへ

拝啓、昨日愛しき後輩が痴漢に遭ひし車輌で　穀雨

海に降る雪に似し汝《な》が噓されどおまへの瞳が好きでたまらぬ

煉瓦の道に氷菓《ソルベ》するどく一家族崩壊せしめたりこの少女

花車、花をこぼしぬ閃光の殺意を君に見たる路上に

海見て笑ふ幼き従兄弟、聞け「とほき常世《とこよ》にて汝《な》は水脈《みを》に抱かれき」

少年の脱衣刻々鏡らは愛撫のごとき視線を返す

たちしなふ黒きけものが美男となり迎へて都市の物語《フォークロア》かな

「いつかきみの肩の窪みに黄金の蜜を注いで舐めてみたいよ」

晩酌にうまざけ美輪の明宏がほほと笑へり涙ぐましも

血紅の爪に真珠のピアスつけ笑むとは男こその美学ぞ

誰かの風の跡

故郷《ふるさと》は水に沈みて我が舌は塩もて乾きゆく安息日

北の地に朽ちし塔あり月乞ひの祭りは昔催されたり

はるかなる海原に昼オルガンを低く響かせ寺院《てら》の浮くらむ

雪は降るドゥナ・ドゥナ・ドゥーナ言霊《ことだま》をたがへてのちの君がしづまり

神学書のみを糧《かて》とし旅人は砂金の谷に死相をなせり

朝には蛾　昼には胡桃　夜には塩　わが掌上には杳《とほ》き手紙を

薔薇のみが知るわが戦火　皇帝は月夜に御輦《ぎよれん》もて流されぬ

遠つ世にわが異母弟として剣に翳りて眠るエルリックあり

氷河期を恋ひて眠りし少年は水の街にて朝《あした》を唄ふ

オーディンの子よとく眠れ北海を遠景となし街の燃ゆるを

天辺の宮に月さす　ヴァルキュリアも血色の恋に溶けつつあらむ

潑剌と朝の泉は身を刻み疑惑の彼方　あっ……シャングリ・ラ

秋扇投げてひとりのバレエ・リュス　せつなき胸を曝す牧神

額《ぬか》に宝石《いし》はめたる人は剣を背に風と旅する吟遊詩人《うたびと》ならむ

三番目の月の皇子が地の街で語りし雅歌に吾は魅《ひ》かれて

追はれたる皇子は眠る巻き毛愛《は》しき従士は眠る塔の影にて

月光を橋となしユニコーン往き形を持たぬものみなやさし

金色の吟遊詩人《フォーレ》は駆ける　氷龍の涙を深く海に沈めて

若き剣士は親の仇《かたき》の少年が可愛くて愛しくてならぬと言ふが

まなうらに残りし極彩の都　そのかみ僕は娼婦であつた

夜の王の密書を奪ひ少年は城邑《まち》の明かりと蝕《むしば》みあふも

冥府《ステュクス》の河に熱き男の浮く秋か　恋は柘榴のごとはじけうる

女学生　卵を抱けりその殻のうすくれなゐの悲劇を忘れ

人生を誤るための切符とはいづこ三白眼の少女よ

新しき地下街の果てパヴァーヌと共に流れぬ水漬《みづ》く屍《かばね》は

聖堂に崩れしイコン　悪党は美男なるもの熟睡《うまい》なすもの

月の世に戦は絶えぬ　女王の髪捧げたる国もあるべし

われらは乾いてゐる

砂時計砂はワインに煮えてあり本気になつたことなどあるか

我が帝都に革命ありぬ落つる陽を中庭《パティオ》に浴びて仮面も恋す

男こそ美しくあれ白肌と黒き目尻にふとfeminism

旧日本、灰降る土地にしがみつく妖都の民の夢……地球《テラ》へ……夢

ラブソングを着がへて街を闊歩する少年、目指せビル影の海

異教徒に恋歌ありき父神よ黒き血浴びしわれを犯せよ

枯葉散る中すてられし扉にて君が触るれば寝棺のごとし

連禱《れんたう》の列より迷ひいでしとき翼もつ子は月光に泣く

薄暮経て知らぬ間花は無残なり元服過ぎてアンチ・パリサイ

傷を恋ひつつ意味知らず少年の背に十二枚綺羅のそよぐも

悦楽の園を継ぐもの生れいでてガラスケースの恋にとどめを

遊星は月よぎりつつ真実は常に貴女《あなた》を裏切りて去る

イジドール・デュカスあるいは溶け初むる胎児にて死後受けたる爵位

太陽に黒点　塩の林にて歩む吾こそ悪人ならめ

無花果の乳したたれる午後　蒼き神父は未だ犠牲を知らず
犯さるる前に犯すべしかつてアルカディアには賢者がありき
たそがれし悲歌を継ぎたる若者よおまへはウラル・アルタイ語族

窓際に樫の満ちたる三日月夜　父を捜しにボロブドゥールへ

赦さるることなどなくて公園の砂場に一人子猫を埋《うづ》む

明日こそは海へされども眉をととのへつつ思ふ「月は出てゐるか」

この世のすべて

タブラ・ラサ　君の平《ひら》なる胸に我が爪もて刻む冬の日付を

映像に見る少年の群舞かな定型にしてかくこころよし

わが庭に汚《けが》され易き枝として少年は雪をかき続けゐる

劇場の帰り雪にもすぐ乾くその荒れ気味の舌をゆだねよ

雪、さらに雪禁欲のかたみとて歩道を二人犯しゆかむか

殴る者殴らるる者彼らこそ光り輝くこの世のすべて

辻々に立つ女らを横に見て闇に踏みこむ　友と飲むため

精霊に身を委ねゆくうれしさよチャンドラ・ボースはたまたペタン

斬頭台《ギロチン》の寒き声持つ再従兄《はとこ》らのギグに誘はれ飲み干すグラス

ハイボール細かく泡を吐き続けたとへば僕の性癖を知れ

「人妻を手玉に取るは楽しよ」と語るおまへの瞳のみどり

いま hide の亡霊といふ顔をして酒飲むものがむらぎもにあり

聖夜過ぎ深雪《ふかゆき》のなか弟に揺り起こさるるものなり兄は

薔薇の根を抜く我が眼には腐りたるあの娘《こ》を君はきれいと言ふが

上り坂と信ずる貴様の抜け髪を俺は待つ、　わが夜の底にて

塔の街、その他

血の循《めぐ》る昼、男らの建つるもの勃《た》つるものみな権力となれ

＊

ウリ専の少年とすれ違ひざまに手を打ち合ひて燃えてゆけ、街

空に消ゆる幾千粒の銀の夜　我らの死期を語り明かして

向き合ひて牡蠣を噛むとき青年の舌を思へば口中の酸

マスターはまたも男と別れたと墓守が土こぼすごとくに

女らの来ぬ酒場ゆゑ本名は明かさぬままにグラスを鳴らし

人界の王よ、おまへはもう要らぬ　ふと呟きて喧騒の華

一時間の恋人として淑女らを呼び出すために飛び行く小鳥

美少年図録といふを購《あがな》ひてひたぶるに寒し寒しわが秋

黄昏に無翼天使が交はす微笑《ゑみ》見えるはずなき傷をさらして

風死せるしじまに生るる霜柱ああホストとは暗転の謂

少女らは光の粒をふりまきぬクラミジアなど話題にしつつ

*

わがために塔を、天を突く塔を、白き光の降る廃園を

最後に

僕は物語を書き綴るつもりでした。

「ここ」に似た「ここ」ではないどこかの、「いま」に似た「いま」ではないいつかの、「僕」に似た「僕」ではないだれかの物語を僕は紡ごうとしていました。

でも、ようやく最近になって気が付いたように思います。僕には語るべき物語は無いし、それを語る術も持たないということに。

僕はただ一つ一つ世界の断片を切り取っていくにすぎないのです。結晶としてはまだ純度の低いものかもしれませんが、それらが一途な「詩」であることには疑いを持ちません。願わくは、異化された世界の断片であるこれらの「詩」が、一人でも多くの人の手元に届きますように。

＊

敬愛する春日井建先生からは素晴らしき序文を賜りました。お忙しいなか無理を申し上げて恐縮しています。わが人生の誇りです。「白い鳥」で御指導くださった三宅千代先生、ありがとうございました。中部短歌会の皆様、岡井隆先生を始めとする東桜・淀川歌会の皆様、乱詩の会の皆様、「髑髏と水仙」の皆様、ラエティティアの歌友からは貴重な勉強の場を頂きました。各大学短歌会のライバルにも愛情と謝意を。出版に関して御尽力頂いたながらみ書房の及川隆彦氏と宇田川寛之氏、装幀の君嶋真理子さん、美しいイラストの使用を快諾頂いた竹田やよい先生に御礼申し上げます。

最後に、暁、あなたがいなければ僕はどうなっていただろう。ありがとう。

二〇〇二年秋

黒瀬珂瀾

黒瀬珂瀾とホモエロティックな短歌

浅田　彰

バグダッド空爆の映像を見ていると、第一次湾岸戦争の空爆を見て荻原裕幸の詠んだ短歌を思い出す。

「▼▼▼街▼▼▼街▼▼▼▼▼▼街？・▼▼▼▼▼▼▼▼街！▼▼▼ＢＯＭＢ！」

未来派やシュルレアリスムのカリグラムよりマンガやゲームに近い表現で、不謹慎と言えば不謹慎、しかし、アメリカ軍のイラクへの空爆を見てかつての日本への空爆を想起し、師・折口信夫の霊が乗り移ったかのように死者への鎮魂歌を詠み続ける岡野弘彦のアナクロニズム（それはそれで興味深い）に比べ、このドライな表現こそがハイテク化された現代の戦争の惨禍にふさわしいのではないか。

だが、これはやはり典型的な短歌とは言えまい。「紅旗征戎吾が事に非ず」という藤原定家の宣言以来、短歌というと反時代的なエロティシズムの牙城に閉じこもる（特に、下の句の嫋々たる余情を断ち切る俳句との対比で言えば）という印象が強いのだ。なかでも、短歌とホモエロティシズムが不思議によく似合うことは、塚本邦雄から春日井建をへて石井辰彦にいたる歌人たちの歌が如実に証明しているのではないか。

最近刊行された黒瀬珂瀾の第一歌集『黒耀宮』（ながらみ書房）も、春日井建の序文の示すとおり、まさにそのような伝統を受け継ぐものだ。

「ファロセントリズムならねど身にひとつ聳ゆるものをわれは愛しむ（「ファロセン

トリズム」は「男権中心主義」に振られたルビだが、これは「男根中心主義」とすべきだろう）」、「血の循る昼、男らの建つるもの勃つるものみな権力となれ」、「わがために塔を、天を突く塔を、白き光の降る廃園を」といった歌は、ファリックなものへの憧れをナルシシズムに包んで歌い上げているが、その絶巓には死が待ち受けている。「からみあふぼくらを常に抱く死とは絶巓にして意外と近し」。「ふと気付く受胎告知日　受胎せぬ精をおまへに放ちし後に」という涜聖の苦い味も悪くない。

だが、特に興味深いのは、作者が、短歌におけるこうした伝統のみならず、ある種の少女マンガや少女小説——たとえば萩尾望都や大原まり子のそれからも影響をうけているように見える点だ。

そういえば、今でいう「やおい系ボーイズ・ラヴ誌」の先駆けのひとつである『小説JUNE（ジュネ）』には蘭精果という名前で短歌が連載されており、時としてはっとさせられる歌があったと記憶するが、黒瀬珂瀾の歌もその傍らにあっておかしくないので、現に『黒耀宮』の表紙はマンガ家の竹田やよいのイラストレーションで飾られている。

つまり、黒瀬珂瀾は、昔の歌人たちの耽美的ホモエロティシズムを超え、いわば

GenetとJUNEの狭間にさまよい出た歌人なのだ。

いや、「いま君のガラスのこころ六枚の羽根で砕いてあげるよ、昴」という一首などは、ほとんどジャニーズ系とさえ言えるだろう。

とはいえ、そのことで彼を軽く見るとすれば、手痛いしっぺ返しをくらうことになるはずだ。

「ウリ専の少年とすれ違ひざまに手を打ち合ひて燃えてゆけ、街」。

ここにはマイノリティの若者にだけ許されるナルシシスティックな驕りと悪意が高らかに歌い上げられている。


（i-mode critique ２００３年４月８日配信／２０２１年８月加筆修正）

文庫版解説　男の愚かさを歌う

千葉　雅也

正直、ちょっと困った。通読して、困った。ここにはひとつの美意識があり、二〇二一年現在の、四二歳になった（ということが多少関係すると思うのだが）僕はそれに共感するより、ちょっと違うな……と思わざるをえなかったからである。男性性というテーマの扱いが、である。それはどうしてなのかを考えることから始めたい。

『黒耀宮』は、男性（的）たることの愚かしさの魅力を歌っている、と僕は思う。全体を通して男性の同性愛がモチーフだが、それは虚しさの美と結びついている。虚しさのエロスが、キッチュで大仰な——ゲーム、マンガ的であり、またヴィジュアル系を想起させるようなバロック的な——修辞で歌われている。

ここには、おそらく意図的な滑稽さがある。

半分は滑稽な大仰さ、半分は確かに本当の重み。男が男たることをどう感じるか——その「感じ」は、様々な紋切り型的な要素によって象徴化される。その代表がきっと「塔」なのであり、これが意味するのは明らかにファルスであるが、塔というのはファンタジー的で、RPG的でもあるキッチュな紋切り型であり——後の歌集『空庭』にはゲーム『ドルアーガの塔』を主題にした連作がある——、よそよそしく、硬化したイメージであり、その「キッチュさの硬さ」こそが、ここで密かに言祝がれるべき勃起の硬さに他ならないのだ。

わがために塔を、天を突く塔を、白き光の降る廃園を

男とは不器用なものであり、その体のギクシャクはキッチュのこわばりであり、それが勃起なのである。塔のように突っ立っていて融通のきかない男。勃起とは、男の不器用さの象徴なのである。

——わかる、僕はそのような男性性がわかる、のだが……僕の小説においては、そうではない男性身体、というのはいわばもっと非—象徴的な同性愛の身体を描こうとしている。のだけれども、それはまさに、ここで黒瀬が問題にしている男性のこわばり、「中二病的ギクシャク」みたいなものが元々僕に強くあって、だからこそ、そうではない男性身体への解放を試みてきたのであって、だから黒瀬のこの初期の仕事は、あまり見たくないものを改めて突きつけているように感じる、のかもしれない。

うん、中二病的ギクシャク。そうだろう。マンガのダークヒーローにみずからをダブらせ、「クク……」とほくそ笑みを浮かべたくなるその頰のこわばり的なもの。そういう男子の、またもや言い換えるならば、「陰キャ的ツッパリ」とでも言うべきエロス。

The world is mine とひくく呟けばはるけき空は迫りぬ吾に

これは『DEATH NOTE』などを連想させるが、世界の広大さへと素直に飛び込んでいけない不器用な男子が、対象化可能なもの＝オブジェクトとして世界を手中に収めた気になることで、不安から必死で身を護っているのだ。それは防衛機制に他ならないが、それをまるで隠された特別な力であるかのように勘違いしている様、その、いわゆる「イタさ」が簡潔に封じ込められた一首である。中二的視野において読むならば、黒瀬の用いる擬古的文体は、世界への怯えによる体の硬直、と密かに連関する性器の硬直を表しており、またそもそも韻文というフォーマルな形式は、だらしなく偶然に任せるという意味での散文性を退けることを意味していると思われる。

地下街を廃神殿と思《も》ふまでにアポロの髪をけぶらせて来ぬ

地下街↓廃神殿という見做し、アポロという神話的キャラクターへの依託。ここにあるのは、「何者か」でありたいという切ない（イタい）願いである。この世界が、別段大したものではないという散文的意気阻喪を否認するための世界のファンタジー化、RPG化である。まさしく、架空の役を演じること＝ロールプレイングが歌われている。これはファミコン以後の歌なのだ。子供の頃、家の近所をゲーム世界に見立てて、友達と自転車で走り回って演技をし、人力でヴァーチャル・リアリティを作り出していたのを思い出す（それを実際にデジタルゲーム化したのがたとえば『ポケモンGO』である）。

役割という「殻」によって世界の流れを堰き止めようと虚勢を張るのが男性の愚かさだ。役割なしでただ世界に内在すること、ができないのが男性的弱さである。

違ふ世にあらば覇王となるはずの彼と僕とが観覧車にゐる

そして本作において男性同士の性関係は、生殖を目的とする異性愛ではない虚しい関係として、死と禁止の下で描かれる。

子を成さぬ営みの間に七日後の聖誕祭を思ふかそけさ
からみあふぼくらを常に抱く死とは絶巓《ぜってん》にして意外と近し
傾きてゆく回廊の封印《とづ》るとも咲いてはならぬ花などあらぬ

これまたわかる、僕にもかつてこうした「死気取り」とでも言えるような寂寥感を男性同士の関係について言いたがった時期があった。「子を成さぬ営み」というのは男性同士のセックスを象徴化しているわけだが、その自嘲的な慎ましさによって、身体の存在が不可視化されている。男性の身体が、気取りによって飾られて陰画化されている。そして、修辞によって形成された殻が外骨格の生き物のように黒光りしている。だが本作では、外骨格から覗く柔らかいものがまた重要なのでもある。それは「覇王」と不釣り合いな「観覧車」であり、また「聖誕祭」の賑わいであり、「からみあふぼくら」というひらがなであり、それらは修辞の瘡蓋がなお付着してはいるが、遠く幼少期のいまだ形式化されざる経験の流れを示唆しているように思われる。

魚より音楽的な夜であれ脊髄のなか心流れて

といった比較的平易な歌が唐突に現れて、少し驚かされる。柔らかさと硬さ。「脊髄」という硬いもの――それは勃起の硬さに通ずるわけだが――が殻として設置され、その中に「心」と呼ばれる流動性がある。

パーティーの前にトイレでキスをして後は視線をはづす約束

これはさらに平易で、BL的な場面だ。ここにはほとんど力んだものがない。世界から身を護る殻の外側で、世界はどうなっているのか。結局、男たちが耐えられないのは、世界が別段何ということもなく流れていくこと、すなわち散文性、散文的凡庸さではないのか。あるいはそれは、偶然性である。男同士であれ、何と何の関係であれ、その関係を必然化する物語（死へと向かう運命というのがその最大のものだ）を必要とせずに、ただ偶然的に関係が離合集散することを恐れている。

『黒耀宮』は男の愚かさを歌う。肉の偶然性の手前にどうしても張り巡らせてしまう必然性の硬さを歌っている。少年的、男性的な文化とは、偶然に流されるままにできない身体のこわばりをプライドとし、また自嘲し、そのため身体から目を背けようとするのだが、それでも一個の身体として世界の流れに押し流されるしかないというそのジレンマにおいて痙攣する諸々の塔なのだ。

吾《あ》はかつて少年にしてほの熱きアムネジア、また死ぬまで男

文庫版後記

二十年も前の歌業をまたもや上梓することに、いかほどの意味があるか、思い煩わぬわけではない。しかし時折、若い人たちから届けられる、かの本は今いずこ、という問いに対し、薄暗い書架の片隅をそっと指し示すことが可能になるなら、それも良いだろう。

なにぶんに、無知蒙昧な若年時の歌たちだ（無知なのは今も変わらぬが）。正直に言えば今現在の僕が、これらの歌を良しとするかと問われれば、自信をもって頷くことができるわけではない。色々とアップデートしたい意識や、削ぎ落としたい内容も多い。しかし、これらは確かに、高慢な頬を曝しつつ夜へと踏み込む他なかった、あの頃の僕にとっての世界の断片である。若干の誤記誤植を修正する以外は手を付けず、ここに復刊する。ギロチンの刃の冷たさを、首筋にそっと感じながら。

浅田彰さん、千葉雅也さんの玉稿の掲載が叶った。初版の折にわが師春日井建より序文を賜ったことと等しく、お二人のご批評を得たことは無上の栄光《はえ》である。篤く感謝を捧げつつ、そのご批評に恥じぬ歌業を今後、紡げるように精進したい。

本書は「泥文庫」に入集する。復刊を熱心に慫慂くださった三本木書院の真野少さんに深く御礼申し上げる。真野さんのご尽力が無ければ本書はいまだ、時間の薄闇の向こうに転がったままであったろう。不思議なめぐりあわせと、歌によって生かされている身を思う。

黒瀬珂瀾

本書は二〇〇二年十二月、ながらみ書房より刊行された。

歌集 黒耀宮

2021年10月14日　初版発行

著　者　黒瀬珂瀾

発行人　真野　少

発行所　泥書房

〒604-8212
京都市中京区六角町357-4
三本木書院内
電話　075-256-8872

装　丁　かじたにデザイン

印　刷　創栄図書印刷

ISBN978-4-86534-382-3 C0192 ¥1700E

泥
Bunko　002